GUÍA DE LECTURA

Escrita por Éliane Choffray
Traducida por Laura Soler Pinson

Hernani

de Victor Hugo

Entiende fácilmente la literatura con

ResumenExpress.com

www.resumenexpress.com

VICTOR HUGO

POETA, DRAMATURGO, NOVELISTA Y POLÍTICO FRANCÉS

- **Nacido en 1802 en Besanzón (Francia)**
- **Fallecido en 1885 en París (Francia)**
- **Algunas de sus obras:**
    - *Hernani* (1830), obra de teatro
    - *Nuestra Señora de París* (1832), novela
    - *Los miserables* (1862), novela

Poeta, novelista, dramaturgo y político, Victor Hugo es el escritor emblemático del Romanticismo francés. Elegido «jefe de filas de los románticos», lleva una vida de compromiso político, interviniendo en grandes causas, como en la abolición de la pena de muerte. Durante el Segundo Imperio francés, se ve obligado a exiliarse (1851-1870) en Jersey, y luego en Guernsey, donde escribe principalmente *Los miserables*.

En 1885, tras su muerte, la República francesa organiza en su honor un grandioso funeral de Estado y es consagrado por el pueblo como el escritor francés más importante.

HERNANI

UNO DE LOS DRAMAS ROMÁNTICOS MÁS FAMOSOS

- **Género**: drama
- **Edición de referencia**: Hugo, Victor. 2000. *Hernani*. Buenos Aires: El Aleph. E-book en PDF
- **Primera edición**: 1830
- **Temáticas**: triángulo amoroso, nobleza, honor, rivalidad, conveniencias

Hernani (1830), drama en cinco actos y en verso, provocó una verdadera batalla entre los antiguos (los clásicos) y los modernos (la joven generación romántica), tal y como sucedió con el famoso *El Cid* de Corneille. Con esta obra, Victor Hugo quería que se impusiera una nueva estética teatral, el drama romántico. Efectivamente, cabe destacar que *Hernani* hace saltar por los aires las reglas del teatro clásico.

El subtítulo de la trama, *Tres para una*, resume perfectamente el argumento principal de la obra —tres hombres aman a la misma mujer: don Ruy Gómez, su tío, don Carlos, el futuro emperador, y Hernani, un joven marginal del que doña Sol está enamorada—, pero no muestra toda su complejidad.

RESUMEN

ACTO I – EL REY

Don Carlos entra de incógnito en la habitación de doña Sol haciéndose pasar por su amante, Hernani. La dueña, una mujer anciana encargada de velar por la conducta de una persona joven, accede a esconderlo en un armario a cambio de dinero. A continuación, Hernani y doña Sol se encuentran en la misma habitación. El joven le hace declaraciones apasionadas, pero doña Sol tiene que casarse con su tío, don Ruy Gómez. La joven expresa su deseo de seguir a su amante y de compartir su vida de proscrito. Por su parte, Hernani evoca su promesa de matar al rey de Castilla, don Carlos, para vengar a su padre, asesinado en su momento por el padre del rey. En ese momento, don Carlos sale del armario y también le declara su amor a doña Sol. Poco después, llaman a la puerta: don Ruy Gómez entra y se indigna al ver a dos hombres en la habitación de su prometida. Entonces, don Carlos desvela que es el rey de España y dice estar en el castillo para anunciar la muerte del emperador. Hernani y doña Sol se citan a medianoche, pero el rey sorprende su conversación. Hernani se va solo e inicia un monólogo sobre la venganza que debe llevar a cabo en nombre de su padre.

ACTO II – EL BANDIDO

Por la noche, delante del palacio de don Ruy Gómez, el rey ha preparado una emboscada para sorprender a los amantes. Finge ser Hernani y logra encontrarse con doña Sol. Le propone convertirla en reina, pero ella lo rechaza y pide auxilio a Hernani, que llega y la abraza. Este último propone al rey un combate justo, pero como el monarca se niega, Hernani lo deja marchar y renuncia a lo que sería un vil asesinato. Don Carlos amenaza a Hernani: será perseguido en todo el Imperio. El joven sabe que representa un peligro para doña Sol, así que pone en duda el plan de fuga que tienen. Ella sigue estando dispuesta, ya que todo le da igual mientras que esté junto a su amante.

ACTO III – EL ANCIANO

Es el día de la boda. Doña Sol y su futuro esposo discuten, pero son interrumpidos por un paje que les informa de la llegada de un peregrino, y por el anuncio de que los rebeldes han sido arrestados y Hernani ha muerto. Don Ruy Gómez se encuentra con el visitante, de acuerdo con las leyes de hospitalidad, y a continuación llega doña Sol. El peregrino, al ver a la joven con el vestido de novia, revela su identidad: es Hernani. Desesperado al comprobar que doña Sol ha decidido casarse con su tío y lo ha olvidado, desea que lo apresen y que lo entreguen (se ha puesto precio a su cabeza). Don Ruy Gómez se niega puesto que, aunque sea un bandido, Hernani es su huésped. Así, decide protegerlo. Cuando Hernani y doña Sol se encuentran solos, vuelven a declararse su amor. Morirán juntos si es necesario. El tío de la joven entra mientras están intercambiando miradas lánguidas. Don Ruy Gómez deplora el poco respeto que muestra Hernani, su falta de honor y la degeneración del mundo. Hernani quiere sacrificarse para probar la buena fe de su amante. Pero cuando se anuncia la llegada del rey, don Ruy Gómez cede de nuevo ante su deber de hospitalidad y esconde a

Hernani. El rey piensa que don Ruy Gómez lo traiciona al proteger deliberadamente al criminal. El anciano, tras haber observado los retratos de sus ilustres antepasados para justificar su acto, el anciano explica a su soberano que, para él, las leyes de hospitalidad son sagradas. Termina ofreciendo su propia cabeza en lugar de la de su huésped. Pero doña Sol protesta y, finalmente, el rey decide llevársela a ella. Por su parte, Hernani y don Ruy Gómez, que bien podrían resolver sus discrepancias en un duelo, deciden aliarse para salvar a doña Sol. Llegan a un acuerdo: cuando la joven esté a salvo y suene la trompeta, Hernani deberá morir.

ACTO IV – EL SEPULCRO

En la cripta de la catedral de Aquisgrán, mientras los grandes electores están a punto de elegir al nuevo emperador, un cortesano le da a don Carlos los nombres de los conspiradores que quieren que caiga si es elegido. El rey todavía desconoce que don Ruy Gómez y Hernani forman parte de ellos. Don Carlos, solo, se dirige a Carlomagno y entra en el sepulcro de este último para pedirle consejo sobre cómo debe gobernar. A continuación, llegan los conjurados, que escogen al hombre que deberá asesinar a don Carlos: la suerte quiere que sea Hernani. Se escuchan tres cañonazos que anuncian que don Carlos ha sido elegido emperador. El nuevo emperador sale entonces del sepulcro y ordena a sus soldados que rodeen a los conjurados. Hernani, que se ha salvado, insiste para unirse al grupo y revela su verdadera identidad: en realidad, se trata del duque Juan de Aragón, desterrado por el padre del emperador. Doña Sol suplica a don Carlos que deje con vida a su amante. El emperador acepta, le da la joven a Hernani, lo nombra caballero y perdona a todos los demás. A cambio, Hernani renuncia a matarlo. Don Carlos, que se encuentra de nuevo solo, visita el sepulcro de Carlomagno y le pregunta si ha actuado correctamente.

ACTO V – LA BODA

Unos jóvenes señores están hablando sobre la boda de doña Sol y Hernani. Observan que hay una persona vestida de negro cuando los esposos llegan. Los señores felicitan a los recién casados y se van. Los amantes, solos, evocan su amor y su felicidad por estar al fin juntos, cuando suena la trompeta. Hernani, que quiere esconder su turbación, le pide a doña Sol que vaya a buscar un frasco cuyo contenido podría aliviarlo. Se lamenta mientras entra el hombre vestido de negro, don Ruy Gómez. Este le recuerda a Hernani el pacto y le propone que escoja su muerte: acero o veneno. El joven duque elige veneno. Vuelve doña Sol y, al descubrir la situación, quiere defender a su amante por todos los medios. Pasa de la agresividad al lamento, y llega a pedir piedad para su esposo. Al final, se apodera del frasco de veneno, bebe la mitad y Hernani se acaba el contenido. Así, los esposos mueren uno junto al otro, primero él y después ella. Don Ruy Gómez, espantado, se suicida.

ESTUDIO DE LOS PERSONAJES

DON JUAN DE ARAGÓN, ALIAS HERNANI

Hernani, que en realidad es Juan de Aragón, el hijo de un grande de España (es decir una de las personas más nobles del reino) desterrado por el antiguo rey, es un personaje marginal: vive como un bandido en las montañas de Aragón. Es el héroe romántico por excelencia, atormentado y apasionado, cuyo motor principal es el deseo: deseo por doña Sol, a quien ama locamente, y deseo de venganza contra el rey, don Carlos, cuyo padre desterró al suyo. Le otorga una gran importancia al honor, pero aun así, titubea cuando tiene que cumplir el pacto fatal que ha cerrado con don Ruy Gómez.

DOÑA SOL

Es el único personaje femenino (salvo la dueña de la primera escena) y el objeto de las pasiones rivales. Doña Sol es también una heroína romántica. Ha sido prometida a su tío, pero sigue estando completamente enamorada de Hernani, con quien se cita a escondidas. Está dispuesta a todo por él. Su pasión la lleva a resistir a las exigencias de su rango y de su sangre, a las conveniencias, al rey, etc. De todos los personajes del drama, doña Sol es quien muestra más perseverancia: desde el principio de la obra, acepta seguir a Hernani y llevar junto a él una vida de proscrito, una decisión que respetará hasta el final, ya que morirá a su lado.

DON RUY GÓMEZ DE SILVA

Don Ruy Carlos es un grande de España. Es anciano y desea casarse con su sobrina, doña Sol, en contra de la voluntad de la joven. Le otorga una importancia considerable al linaje y a los antiguos valores, como el honor y la hospitalidad, que respeta hasta el final y que incluso lo lleva a posicionarse contra el rey, contra la felicidad de su sobrina y contra él mismo, puesto que, al aplicar las leyes sagradas de la hospitalidad, protege a Hernani, su rival amoroso. Él provocará la muerte de los dos amantes por el pacto que ha establecido con el duque de Aragón.

DON CARLOS

Don Carlos también se presenta con una identidad falsa, pero la revela antes que Hernani. Es el rey de España y, al final del drama, se convierte en el emperador Carlos V. Este cambio de estatus va acompañado de un cambio de carácter: en la primera parte de la obra, es belicoso, ambicioso, vengativo, intransigente y violento, pero a continuación adopta un comportamiento más mesurado y se vuelve compasivo. En ese momento, restablece el estatus de Hernani/Juan de Aragón y le permite casarse con la chica a la que ama, a pesar de que él también quería convertirla en su favorita.

CLAVES DE LECTURA

EL CONTEXTO HISTÓRICO: NACIONALISMO Y LIBERALISMO

El siglo XIX fue agitado en toda Europa. Para empezar, es el siglo del despertar de las nacionalidades: al liberarse de los opresores extranjeros, los pueblos reclaman el reconocimiento de su identidad propia y de sus derechos. Europa asiste a la constitución de nuevos estados como Italia o Alemania. Obviamente, esto tiene consecuencias en el pensamiento y en la literatura francesa: surge el sentimiento nacional y la curiosidad con respecto a las realidades extranjeras.

En Francia, a partir de la Revolución de 1789, el nacionalismo está íntimamente ligado al liberalismo: la libertad, que significa la emancipación de las tiranías extranjeras, es la primera reivindicación del país. Francia acaba de salir de la Revolución —que ha causado la caída del Antiguo Régimen, ha modificado la sociedad y ha suscitado grandes esperanzas de reforma y de libertad—, de las guerras napoleónicas y de la Restauración.

Sin embargo, la libertad del pueblo también se presenta como indivisible de las libertades individuales, que están todavía muy restringidas. De estas libertades, los escritores franceses se preocupan sobre todo por la libertad de pensamiento y la libertad de expresión, por las que luchan, a lo largo del siglo XIX, contra las instituciones represivas como la censura. El primero es Chateaubriand (escritor y hombre político francés, 1768-1848), que combate los obstáculos que se ponen a la libertad de expresión, y a él le siguen los escritores románticos, con Victor Hugo a la cabeza. Así, entre 1827 y 1830, el Romanticismo se suma al liberalismo político. A partir de ese momento, el combate estético de los románticos a favor de la libertad (libertad de formas, de géneros, de temas, etc.) adopta también una dimensión ideológica: «El Romanticismo [...] sólo significa la libertad en la literatura» (Hugo 2000, 4), explica Hugo en el prefacio de *Hernani*.

¿SABÍA QUE...? EL ROMANTICISMO

El Romanticismo es un movimiento artístico y literario europeo nacido en Alemania y en Inglaterra a finales del siglo XVIII en contraposición a la filosofía ilustrada, que defendía la omnipotencia de la razón. Este movimiento afecta también al ámbito sociopolítico, puesto que se centra en la defensa de los derechos de los individuos y de los pueblos.

El Romanticismo alcanzó su momento cumbre en Francia entre 1820 y 1848. Los escritores románticos franceses se vieron particularmente afectados por el contexto político de la época. Los regímenes que sucedieron a la Revolución francesa no mantuvieron las promesas de 1789, lo que provocó un profundo desencanto. Los artistas fueron víctimas entonces del «mal del siglo» (sentimiento de nostalgia y de no pertenencia a la sociedad de la época).

Las principales características del Romanticismo son:

- la afirmación de la subjetividad del poeta, que explora su «yo» profundo;
- un énfasis en los sentimientos, que reflejan el mal del siglo que se abate sobre el artista;
- la importancia de la naturaleza, con la que el poeta intenta entrar en comunión o percibe como refugio o fuente de inspiración;
- un gusto por los personajes legendarios y heroicos;
- la libertad de las formas, que pasa por la rehabilitación de ciertos géneros poéticos, el rechazo de la tragedia clásica, el desarrollo de la novela, etc.;
- la libertad de los temas, ya que, a partir de este momento, el autor puede hablar acerca de todo;
- la mezcla de géneros, de tonos y de niveles del lenguaje para darle un aspecto verdadero.

LA APARICIÓN DE UN NUEVO GÉNERO: EL DRAMA ROMÁNTICO

En literatura, el combate de los autores románticos por la libertad se llevó a cabo sobre todo en el teatro. Estos afirmaban que desde Marivaux (1688-1763) y Beaumarchais (1732-1799), el teatro no había producido nada nuevo, así que lo convirtieron en el bastión de la tradición que había que derribar. Así, rechazaron los principios, las reglas y el decoro de la tragedia clásica para llevar a cabo una auténtica revolución de las formas y de los géneros, y para crear una nueva estética teatral: el drama romántico.

En 1827, Victor Hugo publica *Cromwell*, un drama que no se puede representar por su longitud, y que está precedido por un prefacio que se convertirá en un hito en la historia del teatro. Este prólogo refleja las esperanzas de la generación romántica de 1830. En él, el escritor define las características del drama romántico y, en nombre de la modernidad, carga contra las inverosimilitudes de la tradición teatral que se producen, en su opinión, por las normas que se abaten sobre el teatro clásico.

Para empezar, rechaza la regla de las tres unidades, que está conformada por la unidad de tiempo (la acción de la obra debe desarrollarse en un día), la unidad de lugar (la acción debe transcurrir en un solo lugar) y la unidad de acción (la obra solo puede estar formada por una única trama). Victor Hugo considera que las unidades de tiempo y de lugar en particular dejan sin sustancia al conflicto dramático. Por otro lado, mantiene la unidad de acción, puesto que considera que es necesaria. Sin embargo, debe aplicarse con más flexibilidad.

Además, se rebela contra la ley de separación de los géneros (tragedia/comedia): considera que impide que se traslade la complejidad de la naturaleza humana. Defiende el drama, que mezcla los tonos y los géneros, y esto permite que se presente la auténtica naturaleza humana:

> «Es algo grande y hermoso, escribía, ver cómo se despliega con esta amplitud un drama donde el arte desarrolla la naturaleza de manera poderosa; un drama donde la acción camina hacia la conclusión, con paso firme y fácil, sin difusión y sin ahogo; un drama, al fin, donde el poeta alcanza de manera plena el objetivo múltiple del arte, que es el de abrir al espectador un doble horizonte, el de iluminar a la vez el interior y el exterior de los hombres; el exterior, a través de sus discursos y de sus acciones; el interior, a través de los a parte y los monólogos; en una palabra, de pintar en el mismo cuadro, el drama de la vida y el drama de la conciencia»[1] (Warusfel-Onfroy 1988, 331).

Le asigna una función al nuevo género: la de adueñarse de los conflictos esenciales de la vida. Para ello, es necesario que se presenten en una misma obra la belleza y la fealdad, la gracia y la monstruosidad, la grandeza y el misterio y, en definitiva, lo sublime y lo grotesco.

---

1. Cita traducida por ResumenExpress.com

HERNANI, ¿PROTOTIPO DEL DRAMA ROMÁNTICO?

Tradicionalmente, se ha considerado *Hernani* como el primer drama romántico (no era posible representar *Cromwell* y *Marion Delorme* había sido prohibido). Sin embargo, esta obra puede definirse como intermedia: presenta algunas características del teatro clásico, pero también, y sobre todo, un cierto número de elementos nuevos propios del drama romántico.

Victor Hugo conserva del teatro clásico:

- el verso alejandrino, formado por doce sílabas (que abandonará después);
- un tema histórico (incluso si las fechas, los acontecimientos y los personajes no son todos históricos);
- una división en cinco actos;
- una primera escena de exposición que nos proporciona los elementos esenciales para la comprensión de la trama;
- una escena final trágica.

La ruptura romántica tiene lugar en varios niveles:

- no se respetan las unidades de tiempo, de lugar y de acción. La historia se desarrolla en unos seis meses, en diversos lugares de Zaragoza, en Aquisgrán y en Aragón, y la trama se estructura en dos columnas vertebrales principales: por una parte, una historia de amor (tres hombres aman a la misma mujer); por otra parte, una historia de honor y de política (Hernani ha jurado matar al rey para vengar a su padre y el joven, a cuya cabeza se ha puesto precio, es el jefe de una banda de rebeldes). No obstante, debemos señalar que la historia de amor parece ser el eje de una convergencia en la obra, como indica el subtítulo escogido por el autor en su manuscrito, *Tres para una*. Así, Victor Hugo respetaría la unidad de acción;

- no se respeta la regla del decoro. En esto, el teatro de Victor Hugo se acerca al teatro isabelino de la segunda mitad del siglo XVI, cuyo máximo exponente es Shakespeare (1564-1616). La acción empieza en la habitación de doña Sol, es decir, en un lugar estrictamente privado e íntimo, y termina con la muerte de tres personajes en el escenario, mientras que en el teatro clásico no podían representarse los fallecimientos;

- Victor Hugo alterna los géneros y los tonos: algunas escenas son cómicas, otras líricas (sobre todo los monólogos) y otras, incluso épicas (es decir, propias de la epopeya, que relata hechos heroicos). Esto, por una parte, imprime dinamismo al texto y a la actuación de los comediantes y, por otra parte, le da más verosimilitud a la obra en su descripción de la naturaleza humana. De nuevo, Victor Hugo busca aquí la libertad y la verdad;

- el estilo del autor, que da al texto vitalidad, rompe también con las reglas clásicas. Aunque utiliza el verso alejandrino, se ve que lo castiga. Los versos están a menudo cortados y, a veces, su estructura es ternaria (4-4-4), algo que en aquella época es totalmente revolucionario y se convertirá más adelante en una de las características principales del Romanticismo;

- las didascalias, muy numerosas, indican la importancia

de la teatralidad de la obra. En *Hernani*, las frases de los personajes son muy importantes, pero también lo son sus actos, mientras que el teatro clásico se centra a menudo en la lengua y en el discurso.

LA BATALLA DE *HERNANI*

Hernani, escrito en 27 días tras la prohibición por parte de la censura de *Marion Delorme*, fue desde su concepción una auténtica lucha para Victor Hugo, que quería que dominara el drama romántico. Efectivamente, esta obra desató pasiones incluso antes de su primera representación, ya que el texto había sido difundido por un censor. Pero a pesar de las reticencias del poder —amenazado por cualquier novedad—, Victor Hugo, ávido de revancha, no se dejó abatir.

En contra de lo que se ha dicho, el estreno de la obra, el 25 de febrero de 1830, fue todo un éxito, y la famosa batalla en el público, en la que se enfrentaron los antiguos (los clásicos) y los modernos (la joven generación romántica), no empezó hasta la segunda representación y solo alcanzó su punto álgido en marzo, hasta el punto de que el espectáculo no se producía solo sobre el escenario, sino también en la sala (gritos, golpes, intervenciones de la policía, etc.). *Hernani* se convirtió en todo un acontecimiento, como lo fue *El Cid* de Corneille en su momento. De hecho, como prueba del éxito, vieron la luz cuatro parodias de la obra en el mismo año de su creación. En los años que siguieron, *Hernani* vio cómo se estancaba su fama, pero tras su prohibición durante el Segundo Imperio francés, volvió a triunfar en 1877 con los actores Mounet-Sully y Sarah Bernhardt. Desde ese momento, es representada con frecuencia. Salvo la fama alcanzada con *Ruy Blas* en 1838, *Hernani* tiene un éxito desigual en la obra dramática de Victor Hugo. Además, los críticos tomaron este primer drama romántico como base para juzgar a continuación toda la producción teatral de los dramaturgos románticos.

PISTAS PARA LA REFLEXIÓN

ALGUNAS PREGUNTAS PARA PROFUNDIZAR EN SU REFLEXIÓN...

- En 1637, *El Cid* de Corneille cosechó un gran éxito, pero también desencadenó una importante disputa, que se hizo igualmente famosa. Entre otras cosas, se le reprochó al autor que no respetara la regla de las tres unidades, instaurada desde hacía poco. ¿Se puede comparar la disputa de *El Cid* y la batalla de *Hernani*? En caso afirmativo, ¿por qué?
- ¿Tienen puntos en común *El Cid* y *Hernani*, sobre todo desde el punto de vista del respeto a la regla de las tres unidades?
- ¿En qué consiste la mezcla de géneros y de tonos en *Hernani*? Explíquelo basándose en ejemplos sacados del texto.
- ¿Le parece relevante el marco histórico, la España del siglo XVI? ¿Cree usted que la trama podría haberse desarrollado en otro lugar y en otra época? Justifique su respuesta.
- ¿Se respeta la unidad de acción en *Hernani*? Matice su respuesta.
- Compare *Hernani* con, por una parte, una obra de Racine, autor clásico por excelencia (por ejemplo, con *Berenice*) y, por otra parte, con una obra de Shakespeare (por ejemplo, con *Romeo y Julieta*). ¿Está *Hernani* más cerca del teatro clásico o del teatro isabelino? Justifique su respuesta.
- ¿Qué elementos convierten a Hernani y a doña Sol en protagonistas románticos?

- Comente esta cita de Victor Hugo, extraída del prefacio de *Hernani*: «La libertad, tanto en el arte como en la sociedad, debe ser el doble objetivo a que aspiren los espíritus» (Hugo 2000, 4).
- En su prefacio, Victor Hugo también expone que «a la literatura cortesana debe suceder la literatura popular» (Hugo 2000, 6). Explique qué quiere expresar con esta idea.
- Victor Hugo escribió otros dramas románticos después de *Hernani*, en particular, *Ruy Blas*, obra que también cosechó un éxito enorme. ¿Se aplican en esta obra exactamente los mismos principios estéticos que en *Hernani*?
- ¿Piensa usted que hoy en día una obra de teatro, una novela, una obra de arte o una película podrían provocar una batalla tan agitada como *Hernani*? Justifique su respuesta y, eventualmente, cite algunos ejemplos.

¡Su opinión nos interesa!
¡Deje un comentario en la página web de su librería en línea,
y comparta sus favoritos en las redes sociales!

PARA IR MÁS ALLÁ

EDICIÓN DE REFERENCIA

- Hugo, Victor. 2000. *Hernani*. Buenos Aires: El Aleph. E-book en PDF.

ESTUDIOS DE REFERENCIA

- Aron, Paul, Denis Saint-Jacques y Alain Viala. 2002. *Le dictionnaire du littéraire*. París: PUF.
- de Beaumarchais, Jean-Pierre y Daniel Couty. 2001. *Dictionnaire des grandes œuvres de la littérature française*. París: Larousse.
- Legros, Georges, Michèle Monballin e Isabelle Streel. 2007. *Les grands courants de la littérature française*. Bruselas: Averbode.
- Warusfel-Onfroy, Nicole *et al.* 1988. *Histoire de la littérature française. XVIIIe, XIXe, XXe*. París: Nathan.

EN RESUMENEXPRESS.COM

- Guía de lectura de *Claudio Gueux* de Victor Hugo.
- Guía de lectura de *Los miserables* de Victor Hugo.
- Guía de lectura de *El hombre que ríe* de Victor Hugo.
- Guía de lectura de *Nuestra Señora de París* de Victor Hugo.
- Guía de lectura de *Noventa y tres* de Victor Hugo.

ResumenExpress.com

Muchas más guías para descubrir tu pasión por la literatura

www.resumenexpress.com